麗秋詩集
到
最初的
每
羊

自序

畫了封面上那隻鯨魚的孩子問我：「我們人，是從魚變成的對吧？」

我想起國中生物課上過的達爾文演化論，生命在水中孕育，然後逐步演化，成為兩棲類爬上陸地，不知過了多少年，又從蹦來跳去的猿猴，挺直了背脊站起身來走成了人。

我的大腦中，該有活在海底的回憶嗎？很可惜，我的記憶中搜尋不到水族的故事，卻有一個少女，老是從電腦硬碟中，那個名為「詩是青春的證據」的資料夾跳出來，像穿越時空的大雄老是從書桌的抽屜裡冒出來那樣。

她時不時來向我確認：「妳是否還記得最初的夢想？」

她那份與生俱來的，無謂又美麗的傷感，是我演化的一大阻礙，我必須成為腳踏實地的大人，必須考試、趕車、打工、繳學貸、買房、結婚……她那份藍紫色的憂傷，全派不上用場。

學習變得和別人一樣，我總是學得辛苦，苦得想哭。有一陣子沒有詩了，心乾裂如苦旱的田土。我不是努力在學習演化嗎？用進廢退，無用的特徵，應該捨棄，適者生存，不是如此嗎？

我生存了下來，卻是不完整的。那看似無謂卻使我完整的傷感去了哪裡？我的那個自己呢？那個女孩多久沒有冒出來質問我了？

她曾經寫下，情詩0.5首。

我應允過，有朝一日，要為她留下詩句，印在紙頁上，讓風來讀。

少女的喃喃自語，多年後顯得無比珍貴，想起沉思著每一句詩的自己，無限感激。如今我才明白，那些詩句，是為了多年後的我而寫，為了讓我們能憑詩相認。

那是寫給生命的情詩，年少時看懂了傷感，中年時看懂了成長。

啊！生命在水中孕育，原來那份無謂而美麗的傷感，才是我的海洋？是我生命所來的地方？如果神賜予的生命本身各自完美，我為何還想摘除靈魂中最美的部份？

我們究竟，是在愛的包容中完整了自身，還是在無情的淘汰中，演化成更好的人？

生物老師沒有告訴我，演化論是一個假說，達爾文自己也知道，演化論解釋不了物種大爆發的寒武紀；研究DNA的科學家，已試圖找出人類共同的遠祖。原來，我可能不是從魚變成的。雖然長成腳踏實地的大人，但渴求生命完整，繼續過分地感性，勇敢地寫詩。

最初的夢想，不只為有詩；更為不忘，那份誠實的詩心。

如今就是想像中的「有朝一日」，14歲的女孩擁抱了41歲的女人，她暖暖地說：「親愛的，一點也不晚，低頭看看吧！其實，妳一直在這片海上。」

感謝促成此書的仲芳儀及合作夥伴斑馬線文庫；為我畫小魚插圖的陳柏安以及全力支援我的陳清洲。感謝他們，給我最好的陪伴。

陪伴我重回，最初的海洋。

目錄

風吹滿了帆（17－18歲）

遠方的島上有寶藏（18－22歲）

精衛填海（22—26歲）

誰不是孤獨地航行著？（38—41歲）

跋：還給自己每一個當時

月夜啓航（14—17歲）

最初的自己

國中時的晚自習，耳邊有補校上課的鐘聲，空氣中有七里香的氣息，蚊子在腳邊飛舞，蚊香的火點從最外圍亮起，一路燒到終點。

距離聯考，倒數幾天呢？看著理化浮力公式，我計算不出，在幾十載的人生中，若要撐持起一個小小的夢想，需要多少的熱情？明知不該分心的。

但窗外的月光與燈光，朦朧了現實，彷彿起了一場霧，把我的心濡溼。

若能回到最初的純粹。

把心分給了教室外的一切，在那樣溼潤潤的夜裏，有了傻傻的詩。

破曉

張一天的黑　留一池的月
敷衍住長長的嘆息
在夢的交界
你的靈魂在塔頂遊蕩
發出一種低沈的呻吟
為冥冥的黑夜誦經
聲聲木魚揪住了我的衣襟
將我的夢往地平線拋去
拋出了一翦朝曦
濛濛的一稿心情

（蘆中青年9期）

秋風秋雨

窗外
秋風在哭

漸生的烏雲正欲安撫倉皇的大地
雨的腳步來得無聲無息
二葉松在顫抖
接受這無法避免的洗滌

無法避免的洗滌
我的憂傷還晾在記憶的竿上
此刻淋濕了吧？

我的眼眶
也淋濕了吧？

若　果真無法避免　這場雨

我真切地相信
窗內
也有同樣的秋季

情詩0.5首

我在歲月抽一張紙
連顏色都沒有
再以青春削一枝筆
筆心削不成秘密

等到心情都已經準備好了
等到
眾花都開錯季節
旅人的吉他只剩五根弦
我的筆尖猶自淌出天空的藍

沾滿一紙的羞澀慌亂
月光下我微微地覆誦
霧色中　秋桂開落

仍要寫出最完整的眼神交流
仍要　重覆鐫出相同的輪廓
在靜夜裡仔細觸摸
仍要塗抹
假使我仍沒有一點把握

於是　黑夜不夠使用
燈火即將燒卷
而心事還太長　已沒有時間燒完

倘若沒有空間保留
且讓心情翻飛在擠滿新綠的山頭
昨夜更聲太緊湊
我只能寫出
情詩 0.5 首

（第二屆僑中文藝獎新詩組　第一名）

覺

若我將此刻浸漬
以杜鵑的野豔
此春便生出顏色

今晨　我於眼底編織
謝了又開的花季
滿溢顏色與香氣
今夜　我在星下答問
淺了又深的心情
勘測高傲與孤寂

茫然　是春天的顏色？
如何用力吶喊　才能永久？
不願辜負浸漬春天的此刻
大聲呼喚此生的杜鵑
野豔
請將我拯救

（第二屆僑中文藝獎新詩組　佳作）

背向

我們是不是老了？
不然怎會易於疲倦
眼淚總是失禁

失眠的夜總想不起你的樣子
單眼皮的雙眼視力良好一身的冷傲不是
邪惡的狼
我已經不再慌張

假如記憶中你的輪廓已漸難尋覓

正如你該也遺忘我的多情
總記得年少時你對我唱過的歌
那歌聲如月光曾經流淌成河

淚更似月光
不可逼視的清瑩
月光也是鹹的嗎？

你向東　我向西
猜不清你的神情
匆然回首
你我之間盡成泥濘的雪地
不冷
但十分堅硬

未題

再沒有一種風
吹得過千山和萬水
再沒有一刻鐘
走得完白晝和黑夜

而我的神情用憔悴來渲染
盜用一些浪人的疲倦
再添加一些防腐的傷悲
我於是無助地掛在
這一面
冉冉下降的黑夜

濤聲四起的時候
你從未聽見浪花的破碎
我卻時時感到疼痛的侵蝕
一轉眼便看見自己渙散的
眼神的影子
（我的心是無言的海洋
我的記憶成了破碎的礁岸）

我已經收拾好了（你呢？）
預備去流浪一陣子
（你想必在水草豐美的地方定居）

臨別　為你栽一叢
沒有香味的秋桂
在冰涼的月圓之夜
開滿我那不起眼的細碎思念
就這麼地　獨自芬芳著

重閱

一開始　就是一首熱烈的詩
要狂飲的
竟然是流淚的青春

一路上緩慢又短暫
我高昂的曲調銜接你低沈的徐緩
那陳舊歌聲陳舊字樣陳舊愛情
是否也要一併交還
而曾經漫漶的夜裡
又有什麼在隱隱召喚

（召喚啊召喚，召喚啊請別嘶喊）

然後我立在有波的湖上
汲取所有的蕩漾
那難解心事難解悲歡難解夢想
將要支解怎樣的黑夜
滾鑲成如蓮的容顏
慢慢糾結
橫梗住不該拆穿的謊言

暮靄擋路
拔足狂奔在無人的沙灘
讓過往允諾過往風雲過往悲傷
緊緊旋轉

要捲走愛情　要颳傷臉頰
要毀滅曾經光澤亮麗的流傳

結束　就是一闋哀涼的詞
秋風都已跨過　我們競賽沉默
還有斑駁的秋季
一點一滴
要滲入記憶

（青年世紀256期）

春思

寫罷一個冬天
春天卻遲遲未醒

或是不規則的陽光
　不規則的渴望

梅花抽出枝椏而桃花急放
杜鵑滿叢泣血而合歡枯禿
世界是否還在懷疑
定義這個春天移動的速度

你笑著走來
覆蓋春天特有的虛假
繽紛的虛假　甦醒的虛假
不可稀釋的
那勉強的弧度上盛滿的漠然
卻是我的冥想
養在記憶的冥想
終於是急切而難以遮掩的倉惶

難以遮掩
這低吟起來的春天
奮力划過青春滅絕的一岸
沿途種滿前行的慾望
「有什麼可以給季節？」我問

想必也是過度繁盛的思念
兩肩扛起來的笑聲
遁入春天灰灰的穹廬
　　灰灰的孤獨

其實春天已成形於世界
而我的筆
耽於強烈的東北季風
耽於濃稠的墨水

耽於一場
死灰復燃的風花雪月
以及浪人的悲苦

整個世界
　　晶瑩的輪迴

如果春天翩臨
也就請點化這片荒蔓的心田
我的笑容
便不再衹是
關於幾條肌肉纖維

（青年世紀文學獎高中新詩組　第三名）

葉落之後

葉落之後
才回憶起抽芽的心情

曾經是怎樣的水、空氣、陽光
熱烈而沉默的光合作用後
吐露了怎樣的纖維
紡成綠了一樹的飛葉

一如離別之後
總才想起相遇的黑夜

我們打撈彼此的眼神
慰留飄泊的思念

葉綠到季節的盡頭
你走來記憶的輪迴
紛飛之後
你的笑聲遂也成凋零的華美

葉落之後
就讓風歇一歇

水手之妻

你曾說，你的家在海洋——
你溺愛完全的藍
　溺愛迴蕩的潮浪
　溺愛那不斷吐露的蒼涼
　溺愛那種潮來潮往的秩序
　安排著海洋

　你說：讓我揚帆吧！
　你說海裡有你珍藏的夢想
　那種深湛的渴盼

你說歸來時將帶回整個海洋的故事
送給我夾在心悸的夏日

而這一個夏日
我心中的海洋已然乾涸
因你的纜繩斷裂在海的方向
一如對我的思念
斷裂在生死的兩岸

我守著一片渴切的藍
等候你誤期的回航
我守著一眼將凋的綠
塗抹你堅定的諾許
我守著一段流逝的青春

捆綁我的兩鬢星星
我已佝僂　並已蒼老
當然你可能難以置信

你回家了嗎？
海洋啊！在哪個方向？

目送潮汐和四季
潮音逐漸變調
你的手風琴已經久懸於風沙
完全忘記曾經的旋律
走向海洋（帶著你的手風琴）

以我僅有的緩慢步伐
請千萬不要懷疑我枯槁的紅顏
在時光的海洋中
人們都會滅頂　無一倖免

此刻海水走進我的身體
我始終記得
豪情四溢的你
豪情四溢的手風琴
——我已隨你回家，這你最愛的海洋

（第三屆僑中文藝獎新詩組　第一名）

曾經

所有的徬徨都已湊齊
在白晝醒來的時候
挽起一個高高的髮髻
盤好所有的記憶
我的流浪就要開始

去天涯海角
或是肆無忌憚地追逐太陽
我不是夸父
卻渴望肉身化成大地

蒼鬱的青春蔓延成林

渴望
風的波浪激盪出你的模樣
我靠往青春的那岸回首
頻頻呼喚

昨夜的銀河那若有若無的潮汐
今晨的流浪那若虛若實的夢境

髮髻已散
燈火正零亂

（現代青年126期）

離家的夜

——參加全國高中生文藝營離家一週有記

晚上十點
想此刻媽媽猶在午班的崗位
爸爸依例撳一下欲睡的門鈴　回家
妹妹和小弟
年紀相加才成年的冤家
或許正爭著一杯冰過的蘋果西打
同時離家的大弟

是否讀懂了　關渡橋那紅色的弧
上面散佈著想回家的星星
河這岸的我
擁不緊碧綠的床單
躺不妥　一個親切而安穩的姿勢

我是一個人了
（牆上的月曆圖片怎麼看都像鬼臉
屋裡　總感覺還有誰）

快閉上眼吧
最好一墜便到光亮的夢底
我驚訝地注視著

那些從無發覺的眷戀
尖銳地劃破了
自以為已經長大的自己
（夢中正下了大雨
媽媽來校門口領我回家）

呵！留起長髮的十七歲
還不是等於哭鬧纏人的六個月

我不是已過十七
已該流著獨立堅強的血液？

醒後

像支無法落地的箭
只好繼續地飛行　尋找
適當的弧度
射向地面

（寫於師大研習中心）

風吹滿了帆（17—18歲）

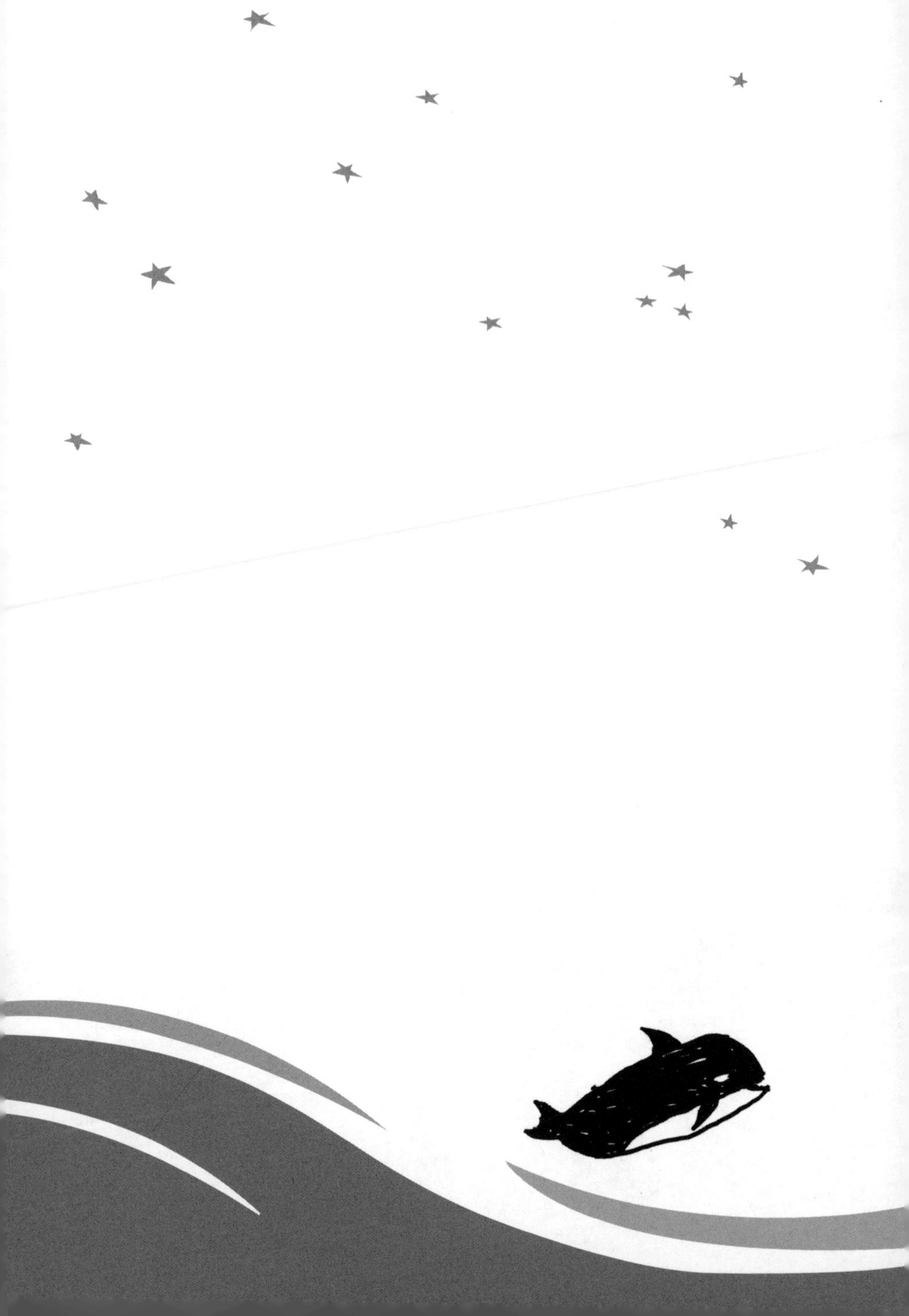

十八歲，就老了？

升高三的暑假，參加全國高中生文藝營，寒假時，參加國文科資優保送甄試，我在前項中掄元，在後項中，卻只考上自己填的最後一個志願。

而後，幸運又諷刺地，在一個全國學生寫作比賽及新詩創作比賽中，分別得到了首獎。

我卻高興不起來，總記得保甄成績公布時，師長們慨嘆的神情，走過僑中的合歡樹下，我躲在操場司令台上看雨，大大小小的水窪，都泛起層層的漣漪。

多年之後我才明白，那不是挫折，乃是上天慈悲的安排，在將滿十八歲那年經歷了得與失，揭示了這個我終生都將面對的課題。其實一切的開始，都只是有詩。

漣漪淡淡，波如明鏡，本然如此。

泥土

（一）根

擁抱你
就像蔓延的愛意

莖和葉要長大
然後開花　結果
所有的程序註定要完成
而我吸吮你
是一類蠻橫的佔據
蠻橫地成長的必然

無　法　抗　拒

風雨對我只是神話
你的緊密腴軟
抵擋人世的雪月風花
當歲月枯乾了我
於是化作來春的你
一同沃住春朝

（二）蚯蚓

我只會蠕動
在晚清　在盛唐
在微潮的江南

千年萬年
我仍只會蠕動　在
一個寧謐悠久的時空

（三）棺中人

你覆蓋我
像一床溫暖而悲傷的被

空氣很少　當然這並不重要
我回想的是
少年時泛舊的詩箋

青年時鋼鐵的意志
壯年時豪飲的氣概
中年時濯濯的童山
以及
老年才明白的滄桑

一生　其實不會太短
剛好足夠回想

而我可能忘卻了某一段
忘卻了天堂及地獄的方向

我只要想一想
忘記的　就讓它和體溫一起散去

如此而已

謝謝你　覆蓋我
像一床溫暖而悲傷的被
暖熱一生的記憶

（四）歷史的外衣

包藏過黑陶彩陶
包藏過干戈和頭顱
包藏過的
還有醒不來的慈禧
在時代與時代之間

總是需一些遮蔽的東西
於是你用卑下的姿態
裹住前朝
沾了風　沾了霜　沾了雪　沾了露
等待千萬個春秋之後
被虔敬地揭開

於是你驕傲地說：
「我是歷史的外衣。」
一件歷史的斑駁的外衣

（全國高中學生文藝營　第一名）

初秋

夏天的顏色吹得很淡
秋天的葉脈嵌入風的波浪
孤寂是身後的腳步
跟蹤我一路

雨溫柔地趕赴大地
傘搖晃地種在手心
而秋天
正是蕭瑟的土壤

窗前　驚覺我的蹉跎
（那輕輕輕輕　輕輕輕輕
輕輕滑開的夏季及荷香呢？）

唯見一隻雨中的飛鳥
急急飛來
飛成一行淋濕的秋意

嚼／決

離開翻紅波綠的夏天
多情是我年少那瓣
「去愛自己」你說
秋天　美麗得那樣蕭瑟

華美的記憶此刻結成乾癟的果
容我採擷嚼食
嚼碎陽光　嚼碎悲歡
嚼散所有糾葛的繁亂的
曾經匆匆抹去的淚光

嚼得太用力
咬破腔壁上暖濕的曾經
淌下血來　全是疼痛鹹腥

苦澀在舌根徘徊不去
再堅韌的許諾只剩細挺的纖維
于我溫暖的肚腹
和嚼碎了的一切一起消化

「要愛自己」我説
從今以後　讓所有的牽動都屬於風
讓我多愁的面容
隨風斑駁

請微笑

微笑好嗎？
秋天午後陽光棲息在群葉間
你的眼角卻有憂傷燎原
無人懂那蔓延的燠熱
你眼角那暖暖的什麼
或許是淚
因為那個錯失了的春天

慣看葉落花開
又有誰練就從容不迫地翻閱？

挨在歲月的身邊
我們都無權揮霍
無力抵抗

即便感傷　也請微笑地
別讓天空變灰

開春

剖開半個春天
杜鵑就摩肩擦踵地來了

思念擺在什麼地方？
好不好曬在陽光下
還是安放於陰暗潮濕的角落？
在陽光下是否熔化
角落裡　會不會受潮？
而思念的黴菌
又分布成怎樣的聚散

延伸成怎樣微弱而固執的漫長？

別急著回答
還有半個春天
未剖

（花城71期）

你家前面的那條路

今日必須經過
不得不　跟上陽光的腳步
覆上一身的光亮
那些黑暗的深沈的擁擠的
和進陽光的漩渦
與思念一起暈眩

暈眩
眼神沒有界限
（我看到的是今天　還是昨天？）
所有陳舊的傷悲

超出我計算的範圍

我的髮梢
已經捲曲成微笑的弧度
梳去經年的疲累
挽好新生的心情
解開憂鬱的靜電
（我也許還不是真的準備好）

街道太安靜
你的聲音流成虛幻的河
忽然環繞我的身邊

我急急張望
是誰
是誰站在街的那一邊？

走過發亮的街

走過發亮的街
我知道人們怕黑呵
在夜裡才要撚亮街道
行走時　才不至跌倒
跌倒時　才不至踉蹌

不至踉蹌
我的雙足已然疲軟於人潮的波浪
每一個交換的眼神都來不及收回
你嗎？　我注視過你嗎

你的眼裡
不過也只有單純的滄桑
單純的一種漠然

說來低頭也是一件好事
看不見身後糊成一團的街景
看不見身前黏成一片的人群
那些混亂的聲光的
膚淺又短暫的記憶

這矯情的街道也有過悸動的心吧？
譬如春天　譬如原野
或者情愛
或是迎親的喜樂　殯喪的行列

匆匆碾過　急急靠近　又
隨即離開

隨即離開的繁華與乾癟
隨即冰涼的淒楚與徬徨
我那夾在人群中　悸動的心
只是一個小小的問號
微弱地淡去

每一轉側
怎麼看見的都是自己？

櫥窗上的自己
黑夜裡的自己

你眼裡慌張失措的自己
停停走走的行跡

走過發亮的街
站在擾攘和冷清的邊緣
我癱瘓在前進與後退之間
忘了說愛

忘了說明心裡殘破了的那個夏天
忘了說清今夜　還是明夜

走過發亮的街
踩傷滿街的身影
若一切倏然沈寂

我不過是一小部份的夜

當所有的燈光都熄滅
發亮的街已經入睡
悸動何在？
繁華是你的靈魂
發亮的街

風

忘了勾勒今夜的去向
就拿一些風吧
在回返的路上與我碰撞
摩擦　生熱

可是風將我吹成冬天
多少眼神　被冷漠銼斷
你種滿一園爭先恐後的玫瑰
我亦爭先恐後地被刺傷

滲血
也就是憂傷滲入眼角
美麗滲出孤寂
多少個多少個夜裡
我仍在人海上航行

船桅傾折
玫瑰盡謝

我笑的時候和憂傷依偎
只讓風看見

強說愁

我的心事
不過只是一杯在秋天涼了的咖啡
把我的姿勢畫成一張淡淡的素描
等雨歇
在空白處題上飛飛的兩行詩

多年後
時光上了顏色
這個午後
將暈成一抹遲遲的笑
笑那一杯秋涼的咖啡
過分年輕

在海洋身畔

山巒呼喚著海洋
海洋呼喚著山巒

時光的髮梢這一刻纏滿風沙
所有的礁岩都甘心沈淪
奮力的拍擊　激問什麼？
是你遼闊的憂鬱
還是久離的船航？

山巒的姿態

是凝固的波浪
和你一波波碰觸
只遺下心碎的海岸

每一次美麗的遇合
原都有無法避免的裂痕

活在尖銳的邊緣
我只是偶過的旅人
留下細微的跫音
附和海洋洶湧的嘆息

山巒切割著海洋

海洋切割著山巒

各自的傷口都兀自發疼
山沉默　海呼喊
人間那裡聽得見迴響
是明淨的心頭
或是脂粉不施的深夜
一個酩酊的回首？

何時才要歇息
誰的流浪誰明白
誰的悲歡誰負擔
誰的愛呵恨呵驕傲呵埋怨呵
又在誰的眼裡

閃閃發光
閃閃發光
似海上起伏的浪
　　起伏的月娘

在海上站成一列礁石
海洋侵蝕著我
我侵蝕著海洋

流失的
是我和海洋的心事

（漢青文藝，全國青年新詩寫作比賽高中組　第一名）

讀

重讀你鼻樑上的汗珠　已經是我心中　改朝換代的夏天
而陽光兀自喧騰　風去了又來
你有些變　變的是身上那些新創的傷痕　在某些個
遺忘或是惦記的夜裡　增加
然而　你總是自己養傷　看看傷口癒合的樣子
那樣子　其實我也看過　在我心中　一個安靜的角落
只是　沒人讀我鼻樑上的汗珠
從此　我卻明白了　癒合的傷口是怎樣的
注定要凋零的等待　又是怎樣的

夜的中間

在夜的中間　我心有些擁擠　思緒有些著急　慌亂沒有道理
我不擅長忘記
夏天又回過頭來　憂傷已經離開　我和你重逢　時空早不當初
在夜的中間　記憶的儲藏室裡　我和自己玩著捉迷藏　捉到了
那麼多個過去的自己　發現每個自己　不相像了
所有的現在與未來　都成為了過去
在夜的中間　我只是努力　預習明天的自己
又努力複習　過去的自己
因為　總不能恰到好處地忘記

風箏

我是一朵被繫住的雲
徜徉在藍天的肘腋

風總是讓我想飛
飛成一隻圓胖的蜂　一隻獨角的龍
一隻多足而微笑的蜈蚣
飛成一個孩子喜悅的面容

遠方的島上有寶藏（18—22歲）

在陽光下流浪

堅強，是我對自己的一種陪伴。

到逢甲念大學，是離家流浪的開始，我在高速公路上向觀音山揮別，前方不論是彎路或直道，都要全速前進，這可是高速的青春之路哪！

台中，陽光總覆滿。

夜裏，當夜市的華燈只能在圍牆外亮著，由大門走回女四舍的路上，迎面走來的人兒，面上都覆了夜的黑紗，人與我，彼此都看不清楚，我才能向自己坦承，我也會害怕。

不想輸是因為不能輸，不能輸是因為，不知如何與脆弱的自己相處。

難怪那時被堅強陪伴的我，總難免迷惘。

水手之妻　之二

或許暗了
就把燈火
挽起

波濤總是善於擾亂
你掛網而歸的日期
其實　那也　沒有什麼關係
你栽的曇花昨夜剛剛開過
花醒得清香　卻
睡得零亂

其實　那也沒有什麼關係
預備將曇花曬在庭前
（我們總在庭前乘涼）
等你回返
再煮成一鍋黏稠的思念
飲了　便可以消化等待的眼神
在海上　在岸邊
在你的船上　我的眉睫

現在暗了
燈火一併滅去
我知道顫抖和傷悲是一種枉然
因為他們說　他們說你的衣角在海上垂危
你只是呼問

曇花開了沒　曇花開了沒　曇花
開
了
沒？

而我回答你　曇花開過又落
並且都已曬乾

其實　那也沒有什麼關係
因為我要到你的身邊
用曇花和一生煮沸一整個海洋

（逢甲大學中文系青青文藝獎新詩組　第二名）

流行性感冒

跟上流行　我患流行性感冒
病毒如謊言在天光下擴散
鼻塞鼻塞鼻　塞塞塞
左邊右邊呼吸不暢寒雨又來
微張口如魚我成了一部流行的吸塵器
吸進這世界的頭皮屑蒸發的汗水老化的角質
嘿嘿
還有過時的愛
渴望水　潤濕乾傷的喉
或許長出青苔

或許綠草如茵
哎　管它
我只要灌溉

那麼多乾傷的喉和心田要灌溉
這渴望　是種流行的病態

交頭接耳的時候
千萬保持距離　才能以策安全
用流行的淡漠
預防流行性感冒
當個　流行的人

或許

互相傳染是種樂事
互相以謊言投擲
也算益智有趣的遊戲

吃藥　打針　多喝水
治癒談何容易
流行是種趨勢
大家爭在流行尖端

而我
總跟不上流行

刷牙

（一）

社會是只口腔
可以含　可以吞　可以嚼

雖完整　但不健康
噪音是膨脹的呻吟
因為謊言鑽進不守秩序的白色建築
空氣糟了
來個空調吧！
怎麼連排氣孔都沒？

久未刷牙了
買一把四季不朽的松針　刷牙
擠上山頂的雲
刷　刷　刷
扭開陽光的水龍頭
把世界灰白的泡沫通通通通
吐　掉

（二）

每天固定兩回
有時睡前還有一回
思念是一柄固執的牙刷
柔軟的刷毛細細探過　沁

涼的水也漱過
經常　你徘徊
在我溫暖拘謹的舌齒之間

當我張開口
每一句
都有想你的氣味

（三）

是一種分界
關於每個人自己的幽冥

淨口後入夢
好能沒有負擔去說夢話

説眼皮下的潛意識
説不能淚的淚
不能愛的愛

醒來
那些夢話便在緊閉的口中餿了
急急把夢的殘漬刷去
口中留著辛辣的清新

推窗
晨曦自齒隙流過
她掩口驚呼
（眼前是昨夜飽滿的夢境而口中只剩辛辣的清新）

（逢甲大學第一屆新詩創作比賽　第一名）

文字五款

（一）日記

翻開過去得很過去的過去
時間緊急煞車

因慣性定律向前
往復間略有暈眩
陽光成紙
沒有單位的描圖紙

我　描圖的人
秋天時出了神

（二）信箋

筆墨安然
我是魚　你是雁
我往以文字游泳
你返以文字飛行
泳過陌生的流域
飛越莫名的山頂
有了等待

我以滑溜的鰭揣測高空的翅
與霞共偕　與虹共依
小世界於眼
羽上總殘有雲霧

你卻說你也想清澈地擺尾
親石硯之冷
卻無法拔羽成鰭
好被潺潺的溪流包圍

於是
我往以溼潤的硯痕
你便還以高空的水滴

（三）留言

你來過
從電話裡

我貪著午睡或外出尋找自己
玩不完的捉迷藏遊戲
鈴聲響時
我該在豔陽下或雨絲間

留言　倦倦等在桌上
此刻我瘖啞如刑
啊！這白紙黑字（誰誰誰都知道了吧？）
連風　都竊竊私語

關於你青春的淚滴
等待與無奈　該能一比一
換來等量的青睞？
任性與無情將我著色成
剛剛好的負心

親愛的朋友　終於
你把自己留成了一則流言
在我青春的扉頁

無言的我　口乾舌燥
還能回覆什麼呢？
除了
藍得磊落的天際

（四）筆記

，　。　？　！
記下的
竟都是標點符號

平常的紙頁
記下的是情緒
及
不能再出口的
那些

（五）卡片

要小心　仔細
這可要供作祭典之用
謹慎地
計算字的排列順序
選擇筆的顏色
選擇情緒
選擇了一下午
連桌面都睡去
還沒有隻字片語

盲人與雨

夜裡的夜
早醒了
舊雨來訪

不必開燈
我們皆是于黑暗中辨認方向的人
你瘦了嗎？
怎腳步如午後微風
踏過窗外喘息的人世
你病了嗎？

怎淒清自你眼中蔓延
傳染了喧騰的人間

別哭得那樣　不留餘地

伸手揩你的淚
揩濕了自己的眼
揩濕了黑暗中的黑暗
而抗議和求饒都是徒然

從我的耳裡離開
憂鬱的天空究竟有沒有
一顆藍色的星星？
你摸黑走了

又認不認路

當寂寞的滂沱終微弱成孤孱的水滴
我的朋友　夜裡的夜
我啞然的哭泣

生的輪迴　水的輪迴
成雲成雨　成水成海
倘若我只是一顆水滴
終只沒入黑色的海洋

（明道文藝242期）

寫給母親

之一　母親的熨斗

把我攤開
全神注視成長的皺摺
只嘆了口氣
隨即摩壓我的胸口　我的背
我那愈來愈長的下擺
一把陽光在陽臺靜靜地開
靜靜地開

爭奪醜惡是陽臺以外的事
妳不發出一絲聲音熨平我被退的詩稿
想熨平陽臺以外的人世
那我即將投入的起伏

假如　假如多雲不能忘卻
我也願學著滌洗　並且熨燙
妳眼角的歲月
那些被我揉皺了的青春
將鮮美如花
植在永不傾圮的陽臺
一把陽光　靜靜地開

之二　洋裝

二十歲的換季
我讓脹了兩季的衣櫃吐了乾淨

還有一件紅黑格子細腰身洋裝在那裡
那並非這個年代的流行歌曲
母親笑笑：
唉唉那是我女孩時衣裳
流雲和天光都曾散落其上

我可歡喜　穿上
袖子太短　領子太緊

腰身太窄
呵呵母親
看不出曾輕靈如鳥
紅黑格子細腰身的鳥
二十年間掉了一地的羽毛

衣櫃喊餓
把冬衣餵進
眼底忽起秋霧

之三　早晨臨別

十二月五點半的天色是酣眠的貓
微雨中的長巷是離合的甬道
路太熟了

沒有說話　各自遠眺
不看霧色盼搖曳而來的公車
妳轉身去購兩個三明治
兩座好吃的山
為此去一路
沿途只有隔著車窗的冬景
可供早餐　而那太冷

太灰
而且孤單

上車後妳獨自走回那太熟的路
未六點的天色是隻貪眠的貓
鼻酸的我想妳一定不會踩到水窪
路太熟了

（逢甲大學中文系青青文藝獎新詩組　第一名）

秋思

有一種沉鬱
如秋的咆哮
沙啞而粗糙
又如枯葉的紊亂
每一腳都是悶

無人可怪　天也晴朗
沒有人脫隊
或者插隊
桂花的小徑該香成河流

河面上飄著
秋的殘骸
卻那麼香
香得了無遺憾

了無遺憾
這時節
只有星星的心事
可以交換

（逢甲大學中文系青青文藝獎新詩組　第二名）

變

我用孤單寫信給
昨日的自己
收信人十六年紀
不要稱她小姐　叫她妹妹
正如一顆梅

青澀　紅熟
邊緣上的風月盡可成詩
詩嚐起來酸甜　讀
起來熱切

那人的名字是飄飄的紫荆
紫色的雪
融化了之後便是山泉
蓄滿妹妹湖似的眼

經年大旱
山泉渴了湖水乾了妹妹
長大了
不是酸梅梅而是姊
正如一個結

（逢甲大學中文系青青文藝獎新詩組　第三名）

午後喝茶

隔著山谷　隔著帷幕　　隔著人　　隔著
我們觀看茶山的氤氳
你執壺
一腔熱沖我緊斂的眉
沖成笑開的茉莉
（你問：茉莉開在哪裡？）

在煙塵在油膩在喧譁　杯裡
五月的芳香剛成為記憶
八月的伸展為了甦醒

眼　耳　鼻　舌
心
世界都退下
拿什麼來敬此芳香的夢境？

啜一口嵐
茶山之上茉莉之上人群之上　之上
輕清

（84.11.30台灣時報副刊）

海天之約

（一）定約

沒有電話　信也不曾
只在擁擠的夏日間
結識了一隅藍天
（藍天說一定得見見海　你是地
上的天他是天上的海）
即訂了約
孩子氣地勾勾小指頭

定約和踐約
等待只有一根頭髮的長度
卻隨日生長

（二）赴約

藍天說沿著鐵軌採一袋風過來吧
我說風混著葉子混著夏天

要如何跟鐵軌打招呼呢？
「噓，別跟他們說話」
只要看他們如何爬行
如何接近　如何
懂得土地　懂得潮汐

如何彎曲自己　如何
保持絕對的安靜
那你便懂得一種力量

風和葉子和夏天一起送給鐵軌
我要空著袋子去裝未知的遭遇

（三）會面

藍天說：你可終於來了
我向海寒暄
海回覆我無邊拍擊的潮聲
將我的心漸漸漸漸地吞去
於是我是一個波浪　或

一朵白雲　或一片葉也沒有關係
沒有關係了
此刻我沒有名字
我是一隻無線的風箏沒有流浪的意圖
生命本是永不停歇
我是一枚待綻的蓓蕾沒有盛開的欲望
生命自行安排

海贈我潮聲天魄我白雲
袋子裝滿了我沉默離去
沿著鐵軌我逐漸了解
不斷前行才是一種鏗鏘的美

（逢甲文學獎新詩組　第一名）

年輪

——記大四準備碩班考試的圖書館日子

陽光在敲門　風在招手
九月啊九月
只能是門外的季節

筆記的等待未曾空白
時間這一匹太壯美的瀑布
建安風骨軟弱了自有唯美
四六寫盡終得復古
豪放和婉約之後

張生和鶯鶯在戲棚上約會
一路上湍急不止 不能插手
焉能插嘴？
（哪裡有空位　可以支著頭偷懶一會？）

必須要長成一棵性格分裂的樹
婉拒陽光　暫停光合作用
葉綠素們沈寂吧
沉　入　心中
集中成詩的顏色
純然的綠

千萬別理風的招引
我仍當守樹的本分

腳下仍在不斷生根
臉龐卻要背向晴雨
唉　讀不完的中國文學史
我是棵憂鬱又用功的樹
專心地結一個唯一的果子

等待　春天時重新落地
生根在海岸或山巔
再見天空
久未謀面的星辰日月

啊　到時
這一次次無聲的爭辯
將圈成新生的年輪

街角，遇見

咬破了一隻未熟的葡萄柚
往事的汁液
明知故犯地流出
眼淚趕著呼應
胃酸也湧了起來

我皺起的眉間
許多包裝又包裝　　壓縮又壓縮的記憶
被蠻橫地拆閱
易燃的驚惶

驟起的火燄
逮著氧氣
火舌竄舞在整個街頭

將我焚成一句無聲的呼喚
以一種低啞的聲調
在不可原諒的車水馬龍間

揮散
與煙塵一起

精衛填海（22—26歲）

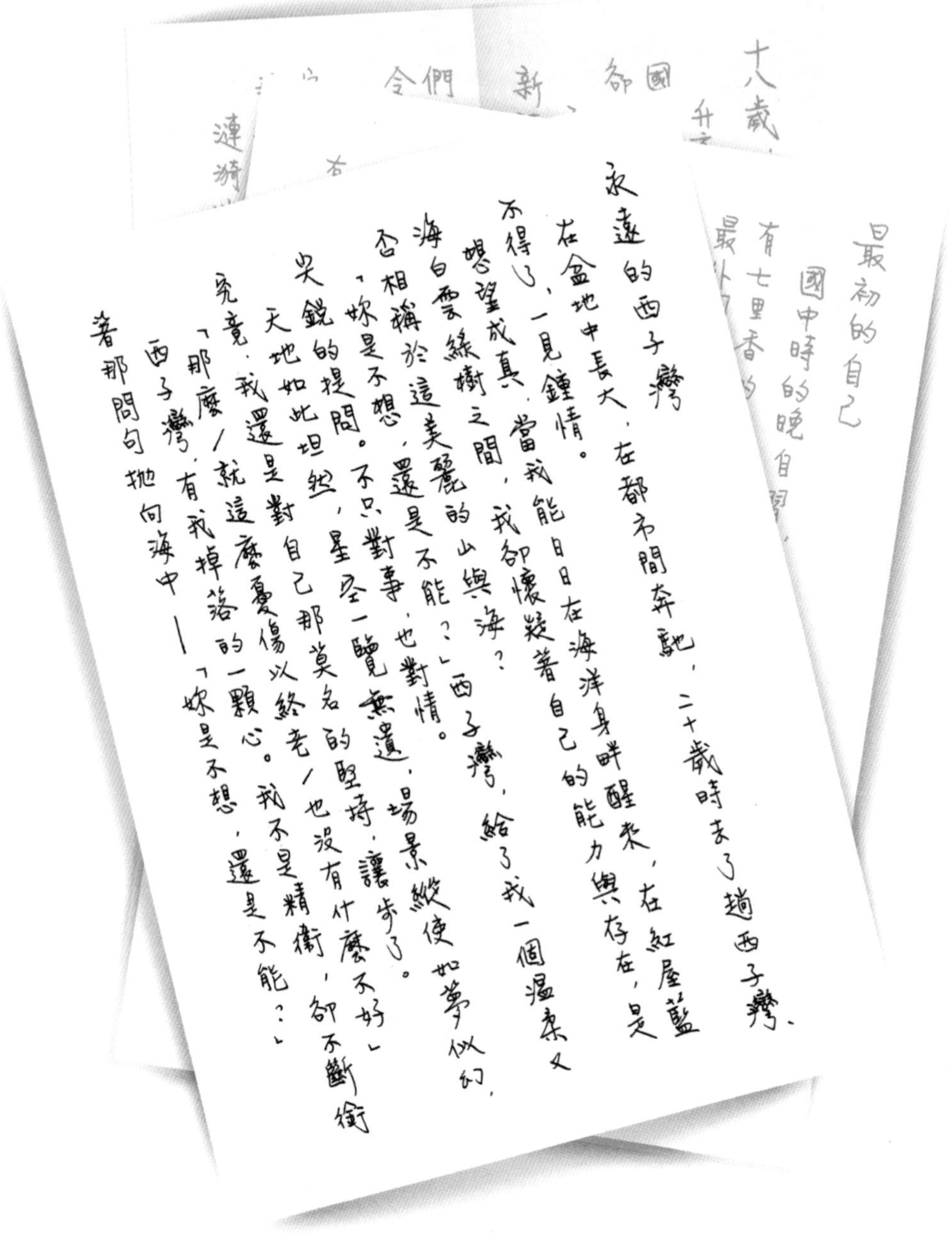
永遠的西子灣
在盆地中長大，在都市間奔馳，二十歲時去了趟西子灣，
不得了，一見鍾情。
想望成真，當我能日日在海洋身畔醒來，在紅屋藍
海白雲綠樹之間，我卻懷疑著自己的能力與存在，是
否相稱於這美麗的山與海？
「妳是不想，還是不能？」西子灣，給了我一個溫柔又
尖銳的提問。不只對事，也對情。
天地如此坦然，星空一覽無遺，場景縱使如夢似幻，
究竟，我還是對自己那莫名的堅持，讓步了。
「那麼／就這麼憂傷以終老／也沒有什麼不好」
西子灣，有我掉落的一顆心。我不是精衛，卻不斷銜
著那問句拋向海中——「妳是不想，還是不能？」

大王椰子

落地時
大吼一聲
驚動中山南路上的我

是悲生的凋零
或是喜生的完整
是苦死的開始
或是樂死的演出
還是怒紊亂的人群
喇叭聲煞車聲哀嚎聲抗議聲我濁重的心跳聲城市漫天的飛塵

一吼，我便安靜了
原來生如此有力
不須無力
原來死如此有力
不須無力

夏日夢境

夢中我正跑著四百公尺
某個轉彎
竟看見　熟悉的操場上
那個半熟的自己
輕哼著疑似愛情的旋律
正觸著你的目光
音符
散　落　一　地

八分熟的夏季

低笑撿拾著互許的詩句
九分涼的秋天
詩句融化成散文
我以沉默斷句
你以不見作結

原來
我的轉身　你的回首
還夾在那一頁未曾腐朽
青春的詩集偏只記載美麗的錯過
時光　已如水流

轉彎之後
驚醒在六點半的枕邊

八月的朝陽已頑固如全熟的荷包蛋
啊　那些心酸
後來成了泥或是開了花？
我躊躇著　再回到夢境
夢境已鎖上
敲門追問的我無功而返
在久違之夏　只出了一身汗

寫給中山

山是海的方向
航行是船的夢想
夜空是星群的劇場
落日總止不住對日出的想望

這翻開了的詩集　　怎能合上？

海風的手必招你來讀：
夢想破水而去的波紋
多麼豪情的漣漪

落日的表情　　那向晚的微微寂寞
酣然地墜落
星群四季搬演仰望不盡的戲碼
海聲風聲齊來吆喝

沿著海的輪廓
總有一站　　滿天星光
南方　　中山　　西子灣

（87學年度中山中文系招生簡介封面詩）

潮

（冬天還沒過去的關係吧）
一切都是永不乾的

天空潮了　剩左胸一小塊白
笑容潮了　彎起的角度不一
兩頰撲著冷風　唇上點著灰紫
好好的春妝哪潮了？
（生命中註定有潮濕的部份）

信潮了

邊緣起著小小的波浪
暈開的那幾段希望你好好猜
笑著寫和哭著寫的
就是總潮著的那一片
我總歸是好的
吃飯　穿衣　總也不亂

洗澡的時候　發現
胸衣也潮了
任它覆蓋心上吧
左胸一小塊白　灰了

黎明

群樹寒暄地握手
鳥群和平地爭吵
花朵還沒有急著結成果實

抓起喝不光的酒瓶
灌幾口剩餘的月光
夾雜幾絲新生的太陽
孤單　有一點酸

在不斷告退的夜後醒著

這曖昧的交點
等著指出日夜最後的交會
最後　我是怎樣地被昨日遺棄
被記憶篩取　被光陰
輕柔刷洗
以至感覺不出　只在
某一個夜涼如水　心思細膩
方驚見　昨日的我流去
在超速的流裡　幸福只是一閃
憂傷破碎成多餘的嘆息
拼貼不成完整的一句
方驚見　今日的我已然前來
嘴角盛滿少年的不經意

而少年已是少年的事了
令人長大成人的　究竟是哪一個突然的夜晚
這樣莽撞　這樣強悍
非得前來不斷

老天發來今天的腳本
預備登台的我　打著呵欠
睡眼惺忪地翻閱
昨天的愛恨　今天的疑問
（是的　這人生不急著有結論）

秋日信箋

撕下了白雲　裁成張信紙
忘了思念是首古典的詩
這卻是任性的表示
要你讀盡雲上　小小放肆
胡言亂語　想你懂得解釋

寫完了住址　還有一行字
關於稱呼你的三個字
這是我文靜的樣子
我想一筆一畫　與你相似

又怕秋風　擾亂了意思

從日記　剪下你的名字
天空藍得令人語無倫次
我彷彿看見你穿越的樣子
用我熟悉的方式

把名字　貼在心的位置
筆跡藍得令人膽怯盡失
我彷彿看見你微笑的手指
正在拆閱秋天的心事

內心戲

你準備好了嗎？
（儘管我明白你只是無心路過）
我垂下頭髮
（一如當年垂下眼淚般安靜）
輪到我們了嗎？

關於重逢
那熟悉的街頭陌生地擦肩而過
輪到我們被記憶遺忘了嗎？

上場吧
對白僅是一句無聲的驚嘆
反覆琢磨著這眼神閃爍的內心戲
我仍努力地
在不肯鼓掌叫好的人群中
賣力演出

圖書館十樓觀西子灣傍晚忽陰

日頭才親熱地捱我坐下
牽我翻書的手　照我
低垂的頸項
稱兄道弟地攬我肩臂
熱情地招我同觀破碎的純金風浪
（一一銷熔在人間的沙灘）
而船帆仍如童話中的船帆
總滿載著夢想啓航
（總也滿載著辛酸回返）

眼一眨

日頭忽然老了
老得走不到雲的前面　走不到
海的對面　走不到
我的旁邊
只能在雲後遠遠喘著問：
唉呀怎麼你不等我一等？
（並不曾離開呵）
怎麼你看來不老也沒皺紋？
（我真願有晚霞這樣美麗的皺紋）

啞口無言
是我拋下了黃昏
不是黃昏拋棄了我的青春？

在光陰的行進中　原來
不斷誤解著黃昏的無情
也不斷被誤解著

（第十屆西子灣文學獎　新詩組第三名）

祕密

輕聲　如季節之步履
如海潮漲退　雲朵遷移
否則
交頭接耳的鳳凰花　摩擦生火
暗喻我不自持的微笑
總在你的背後迸現
將要
將要燎原整個夏天

總在你身後的天空　看見不逝的彩虹
瞳中遂有虹的倒影

弧形地
向你跨越
等候被溫柔地驚覺

驚覺
想像的風勢四處造謠
燒炙的眼神無聲蔓延
星群訕笑
隱晦又分明的夏夜

「誰將祕密寫在天空？」

一顆許願的流星
力辯自己的無辜

（台灣詩學季刊30期　新世代詩人大展）

接友人書

不知道你從哪裡覓來這只瓶
恰恰好的瓶頸
直直放著你極俐落的安慰
兩句　三句

讀著　暖暖地讀著
讀出你拋下海去的那個時刻
那個時刻　屏息與憂傷
化成一個弧形
如你在波濤遠處

仍為我微微揚起的嘴角

恰恰好的瓶頸
容畏光的眼淚滑過
寬大的瓶身　醇釀眼淚
及　蒸發後
無色無味
氣態的孤單

鹹與澀你都願意原諒
瓶中那一片情緒的海洋
海上的颶風　南南西方
思鄉的氣團
掀起

任性的晚潮
張狂要一個可信的海岸

抓一把暮色封瓶
撈一枚浪花貼郵
於是你將收到我的夕照　颱風季的海洋
無端又波瀾的詩句
兩行
三行

（台灣詩學季刊30期　新世代詩人大展）

與春天錯身

張開眼時　光芒溢滿
（天堂？）
你的影像迅即落在眼睛的後面　　心的
上面
一只孤寂的夜燈
蠻橫地將我推醒　冬夜
不管窗外有沒有星星　互相
取暖　或
月亮呼了口氣化成月暈
好作為明日起風的猜測　是不是
有熬夜的 7–11

打盹

不管
從現實出走的我
才剛剛　得遇春天　　剛剛
親吻了春天的右臉
唇上殘有已溶的霜雪

氣憤地白了燈一眼
冬夜　不管
狗兒輕輕地吠　不管
守更的星辰
呼朋引伴地耀眼

急著回身向夢摸索另外半邊的春天
不知有沒有別人的吻痕

（台灣詩學季刊30期　新世代詩人大展）

迷路

為捕一隻蝶
一朵　搧動春天的花
追逐
一路追逐春天的氣味
（不知是我還是莊周）

左轉右轉沒有路標
惟初結的花苞隨意亂指
急著綻放誰管天光　急著
驚呼誰管方向
誰怕迷途　只怕荒蕪

誰要乖乖登記　步履的來處
青春的帳目
本該一塌糊塗

落日燒盡蝶影
星群湧起
花苞睡著　春天打烊
薄夜了不懂得指認星星
（究是誰在永恆地指北？）
只好大聲叫喚
只有月光回應　以流水般的輕嘆
繁華的春景消瘦成夜
倉皇的心　不敢回想
唱歌的花朵（合唱的翅膀）
輕巧的花心（優雅的長鬚）

蝶留下一顆晶瑩的淚珠
和成春泥

搧動春天的蝶啊搧動春天的花
春天被搧動亦被遺忘
榮枯即使一季
也備極艱辛

當思念滴答雨聲暖熱
遙想道途相遇
迷路都成正途（往前總有終點）
如今
如今這樣靜靜站在一個躲雨的簷
聽簷下春泥的巢叫著新生的燕

（《台灣詩學：詩與畫》）

午後交談

想必你也聽見　夏日午後的召喚
高掛的晴空　佯裝瀟灑
一伸手卻抓不住
分秒之間不斷逝去的艷陽
艷陽
不斷詢問我的去向
秒針又一顫　我難以回答
（我的願望只是要把此刻留下）
你站在喧譁的寂靜邊

無聲說：
這午後燦爛得讓人感嘆
然
沒有人可以留下

約定

相約十五歲看陽光
在夏天的耳旁
歌唱輕狂
不料賦愁聲超載
少年的胸膛
流行歌曲在嘴邊搖晃
學習新穎的憂傷　附加感嘆
書包裝不下　九個太陽
少年胸中跳著巨人的心臟
追日的夸父腳下

有一陣瘋狂的掌聲嗎？

掌聲再大　比不上
英雄的步伐
腳步再快　比不上
命運的指針　一秒一震
冷漠地微笑著

再乾一杯
以為可以喝乾江湖
死去　也要仰著倒下

再乾一杯　汗流浹背
穿越時空來到了十年後的夏天
聽微苦微甜的可樂氣泡爭著破裂

陽光漫到嘴邊
少年細嫩的嗓　如今
啞了

二十五歲的某一天
夏天的耳朵聽得見陽光的海
記憶透著微焦的氣味
（變了聲的少年勾肩搭背
　各自回家的路上驚訝地觸摸新突的喉結）
人群的擁擠不斷被播放
（誰補了我的缺？）

回想　回想
究竟在哪個角落與你訂了約

霧中迷航（26—38歲）

秋天和夢一樣涼

如果可以，就做個手術，截斷某一根神經，摘除某一片腦葉，刮除某一層內膜，震碎某一塊結石，此後，遇上陽光燦爛時，我能不再想起你笑的樣子，下雨時，不再惦念你的背脊或許被雨淋溼。

時光正是那位名醫，從記憶長廊的盡頭緩步踱來，在我掙扎著——「不！我不同意！」不容你反抗，一陣眩迷，現實人生的海洋中緩緩下墜，直至深沉的海底。

一覺醒來，五年？十年？，後來才發現，手術不完全成功，後遺症發作，夜裏鬧始有了許多重逢的夢，醒來的時候，或許仍心跳怦怦，或許還帶著微微的淚光。

原來，我們都不得不成為，蝶與莊周。

煙火

彷彿最劇烈的那一聲心跳
更是一句
脫口而出的誓言
給夜

請收下我的燦爛
暫時拒絕星光
只能有這一刻的勇敢　請你記取
只有這一刻　我的心跳
才能觸到你的胸膛

就這一刻絕不冷場的炫耀
勇敢又碎裂的心
擁抱不住夜空的遲疑
（雲後的月　究竟是感動或是竊笑？）

揮手或是牽手
都來不及
（來不及向你解釋那些細微的顧慮）
不管我如何努力地伸展
指尖
只到雲端

俯下身你就能發現
悔恨和等待一樣長
交會
如驚嘆一樣短

遇見彩虹——憶高雄蓮池潭

陽光也出走的六月午後
飆車　我和烏雲
烏雲和你　你和
突來的雨滴
不能猶豫　我已聞到彩虹的氣息

衝啊　衝衝衝
落後的我不斷加速
雨中失溫僵直的手指
熱烈地彎曲

什麼時候超越了雨滴？　什麼時候
我贏過了烏雲？
視線不佳啊　什麼時候
這世界只剩下你
用背影　回答我的失敗與勝利

當彩虹　跨越人們的屋頂
閃著金光的　是微笑的雲
我們中途棄權　為這滿天的
笑意可掬
低頭一面大鏡　流霞千里　心事倒映
遮不住　風的眼睛
謊稱夏天的知己
掩不住　亭的耳朵

盜聽彩鳳的餘音

唉　不能收藏淡去的虹影
不能阻止　黃昏的來臨
地球每一度傾斜　都追趕不及

終點便在虹橋那一頭
最後誰是勝者　贏得永恆的彩虹？
那一年　我們為何慎重地棄權？
時光的背影啊
是否回答了我和你

夏日記憶——車至金山

請勿將頭、手伸出窗外
儘管山坡正努力地綠著
海正努力地藍著
雙黃線總是遠遠地領先著
天　似乎已經板起臉來
叉著雙手瞪視這打著盹前進的客運車

車行至夏
白日夢是唯一的乘客

該播放一首漫長的歌
來提領一段記憶　十年整
海風
吹亂了順序與細節
（同行的人是誰？是十六歲，還是十七歲？）
初識海的那年夏天
風和陽光也是藍的吧？
海也是溫熱的吧？
心也是蜿蜒的吧？

一扇窗一個倒影
一段路一個少年
海岸又曲折了十年

是誰沿路播放夏天的紀錄片
請勿將頭、手伸出窗外
這時刻僅供觀賞

很想盜取　一朵浪花
拾起那艘出海的船
很想抹去　延伸的海平線
挽回那片出發的雲
很想甩出釣竿
釣回
這枚十年後回憶中的　夕陽

傘下

雨點綁架了春天
成群地
擂起小小的拳頭
擊落杜鵑與木棉　　擊落
紫楝和流蘇　擊落
出遊的歡呼
擊落人的心事
一圈一圈的　是記憶的漣漪
愛憎　只有上天能細數

祂說春天得有一點傷感
才算數
笑聲裡　總也得有一兩顆淚珠晶瑩
夢的殘跡　才看得清楚

這時總有種寂寞在升起
在傘下　我總是遇見過去的自己
雨步繁密而細緩　踩遍我心
有種濕潤的寂寞在升起
記憶開始自言自語
雨喝令我安靜
想人生漲退
那最後折斷的桅杆？　那張

我曾費盡心力張起的船帆

春風不吹　春雨卻來
春潮已　遠遠遠遠

傘下
我又分別了過去的自己
人生　雨聲
有種寂寞在升起

秋的來襲

葉子黃成夕陽　晚霞流成月光
我讀著被秋天浸濕的天空
雨已經把坑洞寫成水窪
倒映著灰暗的天光
漣漪一個一個地淡了

撐一把夏天的舊傘
凌波微步也不能躲避那秋的來襲

我在秋裡　你在我記憶的秋裡
記憶將在多少年後的秋裡
燃成灰燼

晨雨

是誰傾倒了整夜的星光
投映在我的夢中　你的臉上
黑夜　總不會承認記得
那夢中的細節
我的倉皇　你的憂傷　夜的徬徨
有誰靜默地掉下了一滴淚嗎？

猛然醒來的早晨
那懸而未決的一滴淚啊
喧譁了

整片秋天的雨

我的胸膛　卻跳著昨夜的心
我的眼睛　還閃著昨夜的星
我的手　攔不住時光的莽撞
我的夢　成了寫不完的感傷
（在夢中，為何你也沒有回頭呢？）

雨　嘩地一聲響了起來
洗刷我人生的場景
我灰色地行走著　撐一柄
回憶的傘

已秋了嗎

已秋了嗎？
當星光轉涼
當萬家燈火
每一盞都亮著憂傷
當你的消息　被候鳥
啣向南方
我的夜　遂有了忍不住的詩
在眼角泛起

已秋了嗎？

當月光漫流
當風被夜晚削尖
當隱諱的夢　被摔成碎片
當你的沉默　寫滿了整片天空
當我的閃爍　寫滿了你的遠方

已秋了嗎？

一掌楓

記九十五年一月一日獲贈一片火紅的楓葉

當所有人的眼睛為高樓的煙火吶喊：
「新—年—快—樂！」
也許山邊　或是湖邊
那棵靜默的楓
究竟為誰
賣力地拍紅雙手呢？
在寒風中咬著牙靜默地鼓掌

啊
疼痛也是一種紀念

當鮮紅的手印與我合十
你的青春　我的懷念
多好的一把小火焰
在這不肯署名的冬天

側影

米白色制服紮進深藍色長褲
走廊上許多相似的男孩們正追逐奔跑
大樹搖搖　任性的陽光正好
他獨自仰望的天空有多藍？
青春將要成熟的味道有多好？
風知道　雨也知道

藍白色運動服配上白色球鞋
球場上許多相似的男孩們正呼喊跳躍
大樹搖搖　汗水折射出光芒閃閃

他獨自靠坐的樹蔭有多涼？
離群索居的忐忑
風知道　雨也知道
還有教室外那長長的走廊
球場邊的那排老樹
都於心了了

親愛的少年　怎樣都好
記著
迷惘　在那個時候這個時候
是這樣的剛剛好

推磨

斷了音訊的
豈只是十八歲時的流雲

在心的正中間
一再推著時光的磨
我成為一隻憂傷的驢
始終繞著一個靜默的圈

每一圈　都重複踩上之前的腳步
每個重疊的腳印
都更深陷了一些些
啊　足跡

走成了一個沒有終點的圓

把愛　磨成了嘆息
把嘆息　磨成了回憶
在時光的磨中粉身碎骨
也只能流兩行
鹹鹹的淚

只有窗邊的月光記得
我夜夜俯身向前　那
多情的腳步
每一步　都在溫習

明知啊
斷了音訊的
不只是十八歲的我而已

尋找

一生　無論多短
我都要找出　你初初現身的那個港灣
一生　無論多長
我都要找出　你微笑轉身的那個下午

船迎接了你嗎？
貫耳的汽笛聲已響了十年
蟬挽留了你嗎？
無人出聲的夏天午后
「知了知了」
震聾了　我那隻靈敏又膽怯的耳朵

聾了一整個夏天

此後的路途誰也不肯透露
只留下炙熱的陽光當作線索
倔強為你我守密
那繁星滿天的夜什麼也不許說

（轉身後的那個路口我曾經不住回頭張望艷陽下只望得一聲輕嘆）

一生　無論多短或多長
我都要找出
你曾經刻意隱藏的淚光
好能和我的一起
放在人生的相框中展覽
聽取那沿路的驚呼：

「看！多美麗的遺憾」

退郵

在夢中你所退還的
又豈只是陳舊的字跡
還有一整片當年的天空
和那一群　嘰嘰喳喳的星

寄件人是卅歲的你
收件人是卅歲的我
包裹裡的兩大本往事　沈重無比
寫信人原是是廿歲的我
收信人原是是廿歲的你

曾經出自我口　如今出於你手
以一種沉默的激烈　付郵
以一種激烈的沉默　收件

（頂上是哪盞燈，忽暗忽明？）

撕開歲月的牛皮紙袋
我趴伏在整疊的記憶之上
彷佛漂流在你我相遇的海洋
頭暈嘔吐心悸緊張
我在記憶中暈船
（真是夢嗎？為何感覺到濕熱的眼眶酸楚的鼻樑）

啊　是那句話

我曾經一藏再藏
原來　一直握在你的手上
啊　是那個夜晚
我曾經仰頭望星
只為止住淚光
（是哪盞燈，在一明一暗？）

是那條曲折的山路
到處長滿了刺人的徬徨
是那段長階
擺一擺手
我和惆悵相伴　拾級而下
你和憾恨糾纏　拾級而上

那微醺凌亂的夜晚
那撞見繁星的夜晚
那肆無忌憚歌唱的夜晚
那煙火無心激昂的夜晚
那數算漁火迷離明滅的夜晚
那月光照著海的背脊的夜晚

我如何能　獨自讀完《七里香》？

當所有所有的夜晚
都有著相同的疑問：

是一棵開花的樹　抑或是
展覽一生的藝術品？
究竟我是

以香氣成就夏天的芬芳茉莉
抑或　最終只能寫一首彩虹的情詩？

最後的一封信　是否
有當年留下的答案？
遍尋不著
那枚最後的驚嘆號
好來斷句今日的惘然

燈光既昏又亂
趴伏在整疊記憶之上的我心眼俱疲
夢中的睡去
卻是春光中的驚醒
那些字句啊

又寄給了誰呢？

誰將在夢中收到
兩大本往事
一首　被時光反覆朗讀著的
獻給青春與愚昧的長詩

收信人
將已不惑？或是半百？

冷風中

那冷風吹來
十年前的一片記憶
五年前的一場別離
三年前一陣無言的雨

倉皇　冷透我的背脊

順便預習
幾年後的冷風中
一盞無法預知的燈下
那可能的
蕭蕭的背影

誰不是孤獨地航行著？（38—41歲）

喃喃自語

太多的話無法說清楚，我開始懷疑自己說話的能力，害怕看到別人善意裝懂的表情，又期待著誰能接收我全部的訊息。

獨自行走著，和花草蟲兒聊起天，它們從不回答我，只是驕傲又自在地展示著微小而充沛的生命力。

開花、結果、落葉、新綠，又開花。即使是同一枝椏上冒出的花苞，每一朵，都與去年完全地不同。

沒有哪一年的我能和此刻的我相同。花開前的期待與煩憂，只有那朵花自己懂得，但它還是努力，努力開完一整個花季。

啊，花顏與香氣，都是自顧自地散放著，那些隱密如詩的感受，只適合，喃喃自語。

等紅燈

我在等一個漫長的紅燈

右向來的是記憶
左向來的是期待
斑馬線已模糊不清
徬徨　川流不息

右向　五年　十年　二十年前　甚或前世
每個唯一的時刻
為何重演相同的情節？

左向　五年　十年　二十年後　甚或來生
無數下雨的夜晚
仍然鍾情敲簷的雨聲

滴滴雨聲
又熟悉又陌生
灌溉枕上初生的夢
是預言　還是回顧
此時
是前世　還是來生？

右向　那記憶的隊伍排得多長了
左向　那未來的車潮塞得多遠了
左右不斷交會而過的
竟是同一個我

人生再人生
轉不完的陀螺

不肯寂寥啊
誰說生命只是　來來去去

綠燈　此方通行
左右都靜止　行過紅海
此刻　我一呼一吸
和陽光中的塵埃一起前進

誰說　生命只是　來來去去
我
每一刻都在出發

落花

——人生的剪貼簿上
還有多少空白？

桃花謝了　杜鵑開了
一整排的木棉都練習著倔強地墜落
一整樹的苦楝都耳語著夢幻的心痛
日子　是落花一朵又一朵
大的　小的
真的　假的
我是一棵開花的樹

低頭默數一整季飄零的我

枝頭上　向每一天的自己告別
總聽到心跳怦怦
這並非高空彈跳的遊戲　而是
生命必須的告別
只有勇敢　才能完美降落

每一天　都是再見

留給這大地　我的肉與血
埋身這世界　我的根與靈魂
那一整季的燦爛
是我生命的留言

許諾

咬了春天一口後
我將脫逃
到一個緊密包裹的夢中
消化春光

那是一個痛苦又絢麗的夢
在無法翻身的蛹中
靜坐著
半生的悲喜成了漫天的五彩氣球
寂滅在宇宙的盡頭

黑暗中
只剩星星在微笑

我也笑了
也許將蛻成一隻紫色的蝶
（曾咬了含苞的洋紫荊一口）
繽紛的春園中穿來梭去
要憑前半生任性的齒痕
與妳相認

所以　請別急著凋謝
請等一等
某個清晨　我將翩翩飛來
請收下　一顆晶瑩的朝露

請憑一個感激的眼神
將我認出
認出　然後會心一笑
遺忘了
也一笑會心
不見不散　到時

貪眠

被陽光吵醒的我
搔著頭
愛恨和睡眼一樣惺忪

車如流水馬如龍
後主那時
也這般倉皇地離宮？
江南好　嘆不完的花月正春風
戀戀不捨　然後憂悒
在每一個清晨飲恨

車別急流馬別狂奔
別走
那一整夜的星光
以及美夢

自持

眾花皆醉
在春光中頹然
在歡笑中顛倒
酒後的心聲　喃喃於風
鬢都散了
裙都翻了
妝都花了
青春都花了

但我滴酒不沾
在等一場
也許會發生的相遇

我要在風霜中清醒
在期待中自持
在迷醉的春光
揚起臉來

明知
所有的蝶都只是過客
愛　只香一季
我仍要　微小而鏗鏘地美麗著

不捨

不是淚珠　是雨滴
不是雨滴　是夢境
不是夢境
是前生的感動還晶瑩
遂教一柄新生的荷蓋
不忍鬆手
還給微笑的天地

風雨蘭

我打暴雨走來
與弦月擦肩
傾聽露水的冰涼
今朝　以夏之名
盛放

夏的擁抱

愛　原來是
天真地縱身一躍

你是夏
你是荷
你是最遼闊的一個擁抱

荷之小徑

為什麼一定要走那荷花包圍的小徑？
一定要在翻飛的荷蓋下回憶
缺了一角的憧憬
曾經成形的笑
流著汗並沉著默的時刻

深綠淺綠的陰影
已長成慈悲的遮蔭
思念　全然被允許

愛與泥濘
一同開出慎重的花
小徑蓋滿多少感慨的腳印？
蒐集了多少個
夏天佇足的我？

我學著荷
舉直了手臂向藍天發問
它但笑不語
任風回答

任風翻動荷田
露珠在葉與葉之間跳盪

蜂吮著花心之蜜
蜻蜓合翅入定
螺緩緩地想爬上小徑

任我　微笑地獨立

這條路上　我確知
思念全然被允許

合掌村賞雪見嵐

我們為什麼要等待呢？

雪說：
「我不等待
我不是正凝結
便是在消解」

嵐說：
「我不等待
我不是正下沉

便是在上揚」

而我為什麼要等待呢？

「我不等待

我不是正悲正喜　便是

正欣賞著悲喜」

蒲公英的種子

少年時的意象
流浪　冒險　浪漫
人生該長出一畝畝的豪情
最好是在所謂的他鄉

在他鄉
沒有閒談的山　彎曲的河岸
工業區的上空
飄下紅色的雨
隨風落在這酸澀的土地上

再也望不見家鄉的蘆芒

家鄉？
女有歸　我已撐著小白傘出嫁
歸在他鄉

蒲公英的種子　應該柔順又堅韌
隨風吹送　流浪　冒險
從不在來處生根

也許浪漫　是等著生根
等著時光
把他鄉　變成故鄉

敬二十年後的自己

——記103夏與文友趙佳誼重逢

在看不見路標的街道失散
風正飄蕩　雲也悠悠
各自一張地圖
心中的羅盤轉啊轉
人生　應滿布愛與夢想

時光不斷在翻頁
冬末時心慌　春來時又感嘆
難道

我已被沖至青春的外海？
柴米油鹽　保險與貸款　責任或義務
唉　我如何計算
現實與夢想　損益與風險？
我能向誰投保
那美麗而任性的靈感
那使我獨一無二
未曾壓抑的思念與哀傷

翻頁的手指冷靜而優雅　總不停止
徬徨只好藏深一些
再覆上些現實的落葉
而重逢是一陣風
猛地一吹——

分別得太久　面容只剩時光還記得
「啊！是你」
一切都好
如我初生的白髮
安靜而纖細　纖細而溫柔　溫柔而勇敢

「啊！是妳」我驚呼
那個黝黑著一身打籃球寫詩不留底稿的女孩
在這落葉漫天的時刻
走　走來　走出來

「要狂飲的　竟然是流淚的青春」
她舉杯
敬二十年後的自己

歸途

綠燈一亮　車和人連成波浪
城市的海　海的茫茫
推擠著我向前

今天過了啊　一刻又成為回憶了
笑的聲音遠了啊
我被自己記得了嗎？

黃燈一亮　腳步要更加快啦
奔跑為了什麼啊？
是命運的手要攔阻我們
或是

我們急著改變命運呢？
倒數三秒　該放棄
或是狂奔著狂奔著狂奔著
讓我和我的不甘心　狂奔著

紅燈一亮
爭辯就該結束了吧？
永不停止的等待與穿越　交織成人生
沉默是因為無話可說
或是不想再說？
沉默中　天邊的晚霞
還讓人看得心碎

綠燈亮時　我跟著人潮走
黃燈亮時　我狂奔過路口
紅燈亮時　我看見了腳下的影子
聽見了黃昏的風

嫦娥

我帶著整片天空行走
寂寞起時便仰望夜空

這柄北斗　那隻青龍
軒轅步天而過
那時若認識了后羿
會不會　也掏他口袋裡的靈藥？

月已長生　嫦娥不老
星群間卻流傳她悔恨的嘆息：

「啊　早知
若早知這終於的孤獨
無法渡過銀河找織女聊聊天
不能穿過黑洞尋李白喝喝酒
也想追著彗星繞著百年大圈跑馬拉松
如果隨著流火競速瞬間滑行然後寂滅……」

當妳孤眺碧海青天　我也遠望著妳的樓臺亭榭
我們　其實彼此凝望著嗎？
妳反覆地提醒著我：
悔　圓滿至極
愛才完全
寂寞起時　便仰望夜空

與嫦娥擊掌
（宇宙間的回音將迴盪得多遠？）

孤獨若是人生最後的了悟
我總還能有月光　可以註解
最清澈的那行淚
而她千年的凝視
卻只有群星
密密麻麻地圈點

松煙墨

原以為你將在我心中常青
如一株松
無懼雪枷霜鎖　風刮雨削

時光之手卻時時縱火
日裡　夜裡
星星之焰悄悄地連成一圈又一圈
終於將我們團團包圍

當你被時光焚燒
漸漸漸漸地倒下

枯朽之身吐著絲絲白煙
煙也成雲
且揮一揮衣袖吧
愛與憾都無法搶救
只能還給天地

青春的空地　曾為你圍出的禁區
到處都是燒灼的焦痕
當樹梢的最後一根松針也蜷曲
幾年了呢？
當我終於也熏得一身黑
髮卻白了

分別的多少年後
就把笑聲也還給天地吧

讓我細細刮下胸中的松煙
和上一路來為你收存的夢與淚水
今夜將在月下　鍾擊百萬次
塑成發亮的墨

容我在心上　慢慢磨開
嗅著往事的香氣
卻不再臨摹你的字跡
容我　抄完那首惘然的詩
然後在安靜無人的池邊洗筆

微笑地看那濃滯的墨漬
隨波迆邐
終於成為悠悠的水痕

暴雨——重回蓮池潭

誰說暴雨之後會有彩虹
誰說分別之後會有重逢

思念輕飄上升成了烏雲
堆滿夏日午後的天空
心也超載　記憶就要翻覆

老天　悶哼著企圖把雲牆鑿破
一擊　再擊
擊出貫地的亮光
那裂隙中傳來一聲巨喝：

「你來了！」

是因為認出我而激動
或是激動著　還能把我認出？

縱使相逢應不識
遂以一場暴雨
洗刷我面上的風塵耳裡的人語
嘩然的靜寂中　憶起
共看過一座迷離淡然的彩虹
只是你的背影　比彩虹更奇幻
已淡去於宇宙
恍惚得如同傳說

原來　暴雨之後
才記得起虹與影
原來　分別之後
是我與自己重逢

按下記憶的快門
今日暴雨的灰沉　昔日夕照的金黃
在心上重複曝光
所有深淺斑駁的疊影
都是真相
都是幻象

口罩

從小我戴口罩上學
教室裡的病毒　比玩具更容易分享
讚美可能是嘲諷
人心的流感　不得不提防

後來我戴口罩上街
好遮掩青春痘及黑眼圈
膚白似雪或韓系紅唇　都能被想像
為了四目相接的絕妙時刻
務必戴上放大片

然後我戴口罩上班
辦公室裡的祕密不少
眼入口出　那可怎麼辦？
沉默是金　戴上口罩
我便擁有一座金礦

常常我戴口罩上網
在熟人的臉書按「讚」　或是「大心」
無人猜測得出我嘴邊的碎念
任上帝也讀不出我的唇

想想這一生　也算功德圓滿

現在我戴口罩上天堂
卻找不到交不出
那起初的愛了
口袋裡沒有為誰真心掉過的淚
也沒有拚了命仍不願背叛的誓言

上帝說：
「啊！我認得你的口罩
親愛的　你這一生都未曾讚美」
溫柔地將我推出了天堂

跋：還給自己每一個當時

人生的前半段，我們恣意翻箱倒櫃，只為找出我們覺得一直存在著的那首詩；人生的後半段，卻又忙著把一個個散亂的抽屜推回，尋找曾經一張張揉皺了的紙條，上面記載著每一個「當時」。

這才發現，每一個「當時」，即是一首晶瑩剔透的詩，人生有韻，是因為回憶。

若能找回隻字片語，在風中朗誦詩句，以不同於當日的詮釋，何妨為之？

因為難免，實在難免，有推不回的抽屜、關不上的門、無法再見的人。

國家圖書館出版品預行編目(CIP)資料

回到最初的海洋 / 林麗秋著. -- 初版. -- 新北市：斑馬線,
2016.11
　面；　公分
ISBN 978-986-93375-8-8(平裝)

851.486　　　　105019832

回到最初的海洋
作　　者：林麗秋
編　　輯：施榮華
封面及內文編排：阮淑容
插　　圖：陳柏安

發 行 人：洪錫麟
社　　長：張仰賢
製　　作：角立有限公司
出 版 者：斑馬線文庫有限公司

總 經 銷：楨德圖書事業有限公司
地　　址：新北市新店區寶興路45巷6弄7號5樓
電　　話：02-8919-3369
傳　　真：02-8914-5524

製版印刷：龍虎電腦排版股份有限公司
出版日期：2016年11月
ISBN　978-986-93375-8-8
定　　價：280元